» » Darauf haben wir gewartet: das Buch für jede Stunde, jede Stimmung. Schmöker und Lehrbuch. Eine ganze Bibliothek zwischen zwei Buchdeckeln. Ein Buch nicht fürs Regal, sondern für Nachttisch oder Reisetasche, zum täglichen Gebrauch und Genuß. Das ideale Geschenkbuch – das man am liebsten selber behalten möchte. Und wie aufregend wird das Buch, wenn wir es verschenken: Was machen die lieben Menschen damit, denen wir es in die Hand legen? Lesen sie es brav von Seite 1 bis 486 als noch eine Gedicht-Anthologie oder erkennen sie dieses Lehrbuch der Poetik auch als Spiel-Angebot zu schöpferischem Lesen, zu reichem Leben? Das Sachbuch als Lockruf in ein Lese-Labyrinth. Endlich ist es da, das Buch, das nicht die 100 oder 999 schönsten/besten Gedichte aus aller Welt auf einem Altar präsentiert, vor dem Leser in die Knie sinken sollen, sondern das Buch, das mit schöner Schamlosigkeit auch grotesk mißlungene und hanebüchene Verse einschmuggelt. Hier werden einmal alle Gesetze außer Kraft gesetzt, Normen befragt, Maßstäbe zerbrochen. «

Rolf Michaelis, Die Zeit

Stafano della Bella

Ov'è amor è fedeltà
(um 1650)

Eine lyrische Wundertüte

›Das Wasserzeichen der Poesie‹, vorgestellt von Andreas Thalmayr

Wohl noch nie hatte ein Gedichtband vom Tag seines Erscheinens an so enthusiastische Leser und so überschwengliche Kritiker wie ›Das Wasserzeichen der Poesie‹. Das Werk ist eine Rarität der Weltliteratur, ein fulminanter Lyrik-Bestseller, der mit jeder Auflage neue Fans gewinnt und der das Gedichte-Lesen wieder zu einer Kunst und einem Vergnügen macht. »Eine lyrische Surprise-Party«, schrieb ein Kritiker der ›Süddeutschen Zeitung‹, und im ›Spiegel‹ stand zu lesen: »Auf 490 Seiten wird, quer durch die Epochen und Sprachen, eine Poetologie voll Witz und Boshaftigkeit ausgebreitet: Gedichte als Kunst-Stücke, Spielsachen, Rätsel-Objekte, Scherzartikel, Lyrik als Klang- und Bildspiel, als typographische Fallenstellerei, als parodistisches Abenteuer.«
Das Besondere an diesem Buch ist, daß es die Lyrik neu entdeckt. Statt seine Leser mit den Klassikern zu quälen und den bunten Strauß von Anthologien der wertvollsten und wichtigsten Gedichte zu mehren, zeigt es einfach nur, daß Gedichte etwas wundervoll Unterhaltsames, Spannendes, Unsinniges, Verspieltes, Verrücktes sein können, etwas, daß man genießen und auch belächeln kann. Jede Seite in diesem Buch weckt die Lust auf Lyrik neu, jedes Kapitel verblüfft mit geistreichen Kapriolen, bei denen die Kunst keine Pflichtübung, sondern ein Hauptspaß ist. Die

Christian Morgenstern

Fisches Nachtgesang
(1900/04)

—

◡ ◡

— — —

◡ ◡ ◡ ◡

— — —

◡ ◡ ◡ ◡

— — —

◡ ◡ ◡ ◡

— — —

◡ ◡ ◡ ◡

— — —

◡ ◡

—

eleganten Tricks der Dichter werden darin gezeigt, die lyrischen Finten, mit denen es ihnen gelingt, ihre Leser zu verzaubern – und gerade die Alten hatten es rhetorisch faustdick hinter den Ohren. Aber auch die abstrusen Fehlleistungen so mancher Verseschmiede werden vorgestellt, bei denen der Reim klappert und der Versfuß hinterher hinkt. Eins haben alle die Gedichte aber gemeinsam: Sie langweilen nicht.
Was findet man in dieser Wundertüte? Man kann zum Beispiel lernen, was Bombast ist oder Jargon, Palindrom oder Anagramm, Krebsgang oder kombinatorischer Nonsens, Plagiat, Schüttelreim, Rösselsprung, Spiegelschrift. Es wird erklärt, was die Aposiopese von Paronomasie unterscheidet und was es mit der Meiosis auf sich hat. Der Unterschied zwischen einem Roman und einem Gedicht wird vor Augen geführt, indem Marcel Prousts ›Im Schatten junger Mädchenblüte‹ in ein lyrisches Kabinettstückchen verwandelt wird. Sogar die Poesie des Überflüssigen wird nicht vergessen, denn mancher Autor erreicht seinen Zweck gerade dadurch, daß er uns auf die Nerven geht.
Das Verblüffende daran ist, daß diese verschreckenden Begriffe nicht in akademischer Gründlichkeit daherkommen, sondern sehr leichtfüßig, geradezu mit einer gewissen Tanzlust in den Versfüßen.

Anita Albus

J.W. Goethe, Hingesunken
alten Träumen …
(1827)

Das Wasserzeichen der Poesie
oder
Die Kunst
und das Vergnügen,
Gedichte zu hören.

E
E
CITO
E
D
E
E
E
E
D
IL
E L
LI
TV.
A

Wir danken allen Rechteinhabern der folgenden Textbeiträge für ihre freundliche Kooperation:

• Stefan George, Wenn einst dies geschlecht sich gereinigt
Aus: Stefan George, Werke. Ausgabe in zwei Bänden. Hrsg. v. Robert Boehringer. Band 1.
© Klett-Cotta, Stuttgart 1958, 4. Auflg. 1984
• Pablo Neruda, Melancholie in den Familien
© Luchterhand Literaturverlag, München, vertreten durch die Gustav Kiepenheuer Bühnenvertriebs-GmbH, Berlin
• Karl Valentin, Die Loreley
© Piper Verlag, München 1969
• Alfred Andersch, Artikel 3
Aus: Alfred Andersch, empört euch der himmel ist blau
© Diogenes Verlag AG, Zürich 1977
• Johannes R. Becher, Der Dichter meidet strahlende Akkorde
Aus: Johannes R. Becher, Gesammelte Werke, 18 Bände;
Ausgewählte Gedichte, 6 Bände.
Band 1 Ausgewählte Gedichte 1911-1918.
© Aufbau-Verlag Berlin und Weimar 1966.
• Guillaume Apollinaire, Lore Lay und Es gibt
Aus: Guillaume Apollinaire: Dichtungen. Ausgewählt, übersetzt und herausgegeben von Flora Klee-Palyi.
© Limes Verlag, in der F.A. Herbig Verlagsbuchhandlung GmbH, München 1953
• Marcel Proust, Im Schatten junger Mädchenblüte
Deutsch von Eva Rechel-Mertens
© Suhrkamp Verlag, Frankfurt am Main 1960
• Günter Eich, Pfannenkuchenrezept (1945)
© Suhrkamp Verlag, Frankfurt am Main 1973
• Günter Eich, Finnair (1963)
Aus: Günter Eich, Gesammelte Werke. Band I. Hrsg. v. Horst Ohde.
© Suhrkamp Verlag, Frankfurt am Main 1973
• Günter Eich, Nasse Flugzeuge (1965)
Aus: Günter Eich, Gesammelte Werke. Band I. Hrsg. v. Horst Ohde.
© Suhrkamp Verlag, Frankfurt am Main 1973
• Bertolt Brecht, Der Radwechsel (1953)
Aus: Buckower Elegien. Gesammelte Werke in acht Bänden. Band IV
© Suhrkamp Verlag, Frankfurt am Main 1967

• William Carlos Williams, Die letzten Worte meiner sterbenden Groflmutter
Aus: W.C. Williams, Gedichte. Aus dem Amerikanischen v. Hans Magnus Enzensberger

• César Vallejo, Himmel und Staub
Aus: César Vallejo, Gedichte. Übers. v. Hans Magnus Enzensberger

• Eike van Savigny, Dasein an sich
Aus: Die Philosophie der normalen Sprache

• Ezra Pound, Albatre
Aus: Ezra Pound, Personae – Masken. Deutsch von Eva Hesse

• Christoph Ransmayr, Das Labyrinth
mit freundlicher Genehmigung des Fischer Verlages, Frankfurt am Main
• Peter Rühmkorf, Variationen auf »Gesang der Deutschen« von Friedrich Hölderlin (um 1961)
Aus: Peter Rühmkorf, Gesammelte Gedichte

Sprecher: Hans Magnus Enzensberger, Gert Heidenreich

Regie: Hans Drawe
Redaktion: Heiner Boehncke
Eine Hörfunkproduktion des Hessischen Rundfunks,
Frankfurt am Main, 1999.

Textredaktion: Jürgen Kron
Umschlaggstaltung: Christina Hucke
Bookletgestaltung: Cosima Schneider
ISBN 3-8218-5122-8

Wo so mancher Oberlehrer um Definitionen ringt, macht dieser Band einfach nur Lust aufs Gedicht. Oder Lust darauf, die Künstler auszulachen, wenn sie in ihrer lyrischen Begeisterung auch mal über das Ziel hinausschießen – denn, wie das ›Räsonierende Inhaltsverzeichnis‹ von den Dichtern zu berichten weiß: »Kalkül und Raserei sind nicht immer leicht zu unterscheiden, und von der Manie bis zum Stumpfsinn ist es nur ein Schritt.«
Was findet man noch?
Große Sprachmeister etwa, von Petrarca bis Puschkin, von

Raoul Tranchirer

frau grau
(1960/61)

es regnet und der regen schlägt
aufs haus aufs dach die katze trägt
vier junge aus fünf junge aus
der regen schlägt aufs dach aufs haus
die zeit ist schlecht der regen rinnt

Gryphius bis Klopstock, Claudius und Goethe, Brentano und Eichendorff bis zu Benn und Celan. Auch die großen Wortspieler fehlen nicht, Apollinaire, Arp und Ringelnatz, Harsdorffer, Hildesheimer und Jandl. Der ›Zuchtmeister‹ Karl Kraus steht neben den ›Verwandlungskünstlern‹ von Ovid bis Ungaretti. Und selbst Stefan George wird nicht vergessen, dafür aber parodiert.

Ohne falsche Ehrfurcht werden diese kleinen und großen Klassiker präsentiert, im Gegenteil: Ob sie uns auch heute noch unterhalten und amüsieren können, ob sich der Staub von ihren Strophen klopfen läßt, das wird im ›Wasserzeichen der Poesie‹ gefragt. Nur, wer diesen Test besteht, wird in dieses sehr lebendige Museum der Lyrik aufgenommen.

Kurz und gut: ›Das Wasserzeichen der Poesie‹ ist ein Puzzle, ein Buch für die einsame Insel, hinter dem eine Poetologie voller Esprit, Boshaftigkeit und Liebe zur Lyrik steckt. Wie heißt es doch im Vorwort: »Ein Spiel also, eine Schnitzeljagd, ein Vergnügen. Mehr nicht? Oh, es wäre schon einiges gewonnen, wenn wir wieder lesen könnten, ohne zu gähnen. Der Rest ist Kunst. Was die Kunst betrifft, so brauchen wir uns ihretwegen keine Sorge zu machen. Das Wasserzeichen verschwindet nicht so leicht. Wer Lust hat – ohne Lust geht es nicht –, der braucht die Wörter nur gegen das Licht zu halten. Unter jedem Text findet sich ein anderer, finden sich viele andere, mehr als die Weisheit des Lesers und des Schreibers sich träumen lassen.«

Jürgen Kron

Ror Wolf, Aussichten auf neue Erlebnisse.
Moritaten, Balladen & andere Gedichte

Zum Buch

Vorgestellt wird ›Das Wasserzeichen der Poesie‹ von Andreas Thalmayr, der auch das Vorwort schrieb. Man weiß von ihm nur, daß ihm Christoph Ransmayr seinen Roman ›Die letzte Welt‹ widmete. Auch der Lyriker Serenus M. Brezengang, der nicht wenige besonders anschauliche Gedichte zum Gelingen des Unternehmens beiträgt, ist als Person unbekannt geblieben.

Unterteilt ist das Werk in neun Hauptstücke und rund 163 Kapitel. Vorangestellt ist ihnen ein ›Räsonierendes Inhaltsverzeichnis‹, das zwar in Prosa verfaßt, aber an poetischen Einfällen nichtsdestotrotz reich ist. Setzer und Drucker tragen wesentlich zur Faszination des Buches bei, denn es ist nicht nur ein schön gedrucktes Buch, sondern, wie die Frankfurter Rundschau schrieb, »ein Opus, das alle optischen Mittel der Satztype und der Druckfarben nutzt und als graphisches Signal einsetzt, Strukturmerkmale und sonstige Eigenarten von Texten wirklich ins Auge stechen zu lassen.«

Herausgegeben wurde ›Das Wasserzeichen der Poesie‹ als Band 9 der »Anderen Bibliothek« von Hans Magnus Enzensberger.